현대시세계 시인선 145

고양이시금치라고 불러

금희
시집

고양이시금치라고 불러

금회
시집

도서
출판 북인

끝물 참외가 왔다

위로악단이라고 쓰고
동병상련이라고 읽는다

2022년 12월
금희

차례

2부 일희일비 위로악단

4부 달이 갑니다

1부

고양이시금치라고 불러

봄은 물고기

앵두꽃이 졌다

벚꽃보다
빠르게 헤엄쳐갔다

비늘을 털고
수천 수만 송이

알을 낳고 승천했겠다

고양이시금치*라고 불러

너는 버블 고양이

얼음과 수정이 담긴 계절에서 왔지
부풀다가 긁힌 자국들

뱃속에 말아넣은 수선화
다섯 뿌리가 자라고 있어

간지러워 간지러워
거스러미 이는 목젖

시큼하게
더부룩해진 봄을 한입 물고
손목과 무릎이 얇아질 때까지

알뜰히 뜯어먹은
몇 개의 해와 달
새로 뜯어먹은 자리에
돋는 밤과 낮

뿌리들이 저녁을 옮겨오고
너는 영혼을 닫고 몸을 구부리지

다친 눈동자는
구름을 문지르는 노란 빛을 가졌지
흔들리는 노을 편으로 기울지

곧 아물겠지
곧 잊겠지

깜깜했다가 사라진 모든 고양이에게

나는
봄이 아니라 고양이시금치라고 해

＊괭이밥의 다른 이름, 강원도에서는 고양이시금치라고 부른다.

헛간을 태우다니

저 꽃들은 다 헛간을 가지고 있었구나

헛간에 들인 검불들 지푸라기들 짚더미들
그곳에 기어드는 고양이와 쥐새끼들과
흰개미와 틈새로 들여다보는 햇볕과
물들인 손톱을 가지런히 내어보이던 달빛과
말들과 말들의 갈기들과
쇠스랑과 빗자루와 물뿌리개와 물마른 호스가
비 오는 날 젖은 발을 디밀던
처량한 짐승들의 꿈꿈한 냄새들이
고이고 삭는 헛간

일을 준비하거나 마감하거나
삶을 준비하거나 마감하거나

헛간은 살아 있는 냄새로 가득하겠지
한쪽에는 밭이랑을 고르고
씨 뿌릴 곡괭이와 씨앗 주머니가
발소리를 따라가며 이미 흥겹겠지

돌아다보면 누군들
헛간 하나 태우고 싶지 않았으리
삶이고 짐인 모든 농기구들이 거기 있게 마련이니

헛간을 들이고 태우는 일로
봄이 왔다가 봄이 그저 왔다가

라일락미장원으로 오세요

나른한 거품이 웃자란 순들을
다듬어주세요

물든 바이올렛 브릿지
한 올
내려주세요

찰랑거리는 무늬가
뿌리를 내리는 저녁이에요

잘라도 잘라내도
길어지는 골목에는

쌉싸름하게 말린 하품을 중화시키는
새콤한 미장원 하나씩 심겨져 있지요

눌어붙은 그림자들
늘어진 와이셔츠 같은 고양이 울음들이
손님으로 자주 와요

미용사의 손끝을 보세요
늦은 봄처럼 염색약이 묻어 있어요

날렵한 초승달을 품고 다니던 고양이들
공복의 수염에 수놓은 성에꽃술도
영영 지워지지 않겠어요

돌돌 말려 있는 길이 풀리고 있어요

공간 접기

없고

종이접기를 하듯 원하는 모양을 접어
반대쪽 모서리에 있는 너를 만날 수 있다면

나는 꽃으로든 새로든 종이배로든
접히고 꺾이는 일쯤이야 상관이 있을까

한 점이 한 점을 만나기 위해 길이 있어야 하지
점과 점이 포개지기 위해 우리는 그 길 위에 있어야 하지

오랜 유물처럼 전신주를 세우고
쓸데없이 타전을 하고 길을 나섰지만

없고 허당이고

갈 수 없는 올 수 없는 건 길이 없기 때문이 아니라
시공을 접는 기술이 없기 때문이라고

경계 없이 달에게로 가는 검은 새 한 마리 떴다

밤은 종이접기의 달인이다

바닥을 놓는다
바닥부터 놓는다

재건축 중이다

모자와 겨울비

발자국은 그믐이야

겨울비가 와
낮과 밤이 자랄 거야
성긴 자장가 허파들 이파리들
갈빗대를 열어 새를 키우는 시간이야
새장 문을 열어놓아도 새는 날아가지 않고
작은 목소리로 읊조리지

눈뜨고 있으면 어떡해
눈은 감아보라고 있는 거야

빗장이 풀리고 빗장뼈들 사이로
새들이 지저귀는 동안
겨울비가 오는 동안
눈동자는 지워지고
입술은 흩어지고
머리카락은 빠질 거야
모자만 남을 거야

비밀은 모자 속에 넣어둘게
두 마리 새를 품고 비가 와

모자는 뒤집힌 발자국이지
지나간 것들 감추고 홀로 남지

모자는 눈을 감고 마침내 허물을 벗었어

발꿈치 노란 달이 뜨고
새들이 멀리 눈먼 노을이 되겠지
구멍 뚫린 모자가 흐드러지겠지

나는 나비들을 묻으러 가겠어

울릉도와 귤

울릉도에 1m 20㎝ 눈이 왔다는 말을
뉴스를 통해 들었다
그럼 허리춤 아니 배꼽까진가

한 망에 3,500원에 사온 귤을 내려놓는다
밖은 올해 들어 최고 추위를 기록한 날이라며
연신 맹추위 기세를 떠들었다

한 접시 아버지께 담아드리고 내 방으로 들어온다

책을 펴고 귤 하나를 입에 넣는다
책을 읽다 말고 귤을 까먹으며 생각한다

겨울밤에 목이 간질간질한 날에
시원한 귤을 먹을 수 있다는 건 행운이라고
마른 목울대가 누그러진다

눈이 펑펑 오는 울릉도를 생각하며
귤을 먹는다

귤을 좋아해서 겨우내 얼굴이 귤빛이던
큰언니 생각도 난다

군입거리가 마땅찮은 이런 날엔
만만한 귤이 최고다

까먹다가
어려운 문장쯤은 밀어버린다
다섯 개째다

황송하게 꼿꼿하게

여자를 굳이 비유하자면 꽃에 비유하는 게 맞지요
일테면 이전에 본 장미를 다시 봐도 반갑고 아름답지요
이전에 비할 바 없이 또 새롭고 향기롭지요

꽃이 벌이나 나비를 기억할 리 만무이니 남자들을 굳이
벌이나 나비로 비유하는 데에야말로 화가 날 일이지요 나
비나 벌이야 매번 꽃을 찾는 것이 일이니 늘 생각할 테지만
꽃은 꽃의 일만으로도 바쁜 법이니까요

사실 알고 보면 꽃 아닌 사람이 있으려구요
꽃을 꺾다니요 그건 옳지 않아요 가지를 내는 일이 얼마
나 치열하게 허공에 밧줄을 매어두는 일인지 안다면 말이
에요

생각해보면 벌이고 나비 아닌 것들이 또 있으려구요
화분을 모아 꿀을 만들고 발효의 시간을 지나고 나면 죽
음에 이르는 것이 우리네 삶이거니 한다면 말입니다

그러니까 꽃이어야 맞지요
아름다운 것들이

해당화

작약

라일락의 이름인 것이 얼마나 고마운 일이냐는 말입니다

부르는 동안 향기가 불러오는

평화로운 환대 같은 것을 우리는 천국이라고 부르기도
하니까요

물봉숭아

수국

다시 동백

그렇게 첫눈 오는 날을 기다리는 일처럼 말이죠

주인공 원 *
— 수궁가

수궁으로 가는
간이역을 지나고 있습니다

마른 등을 내민 침목을 따라
철길 슈퍼를 지나

눈 오는 날에 떠났던 이름들이
연둣빛 치어가 되어 돌아옵니다

덜커덩덜커덩
수초가 피어납니다

겨울이 지나간 물관 어디
정차한 이름이 아직 남아 있는 모양입니다

침목 아래 물소리들이 철길을 적십니다
철길 따라 눈먼 물고기들 거슬러옵니다

뭍으로 떠난 푸른 지느러미들은
제 힘껏 부레를 실어갔습니다

가지 끝에 다다른 꽃눈들
열차는 종착역을 알고 있습니까

물음 끝에 뚝뚝 부러진 길이 이어집니다
제 **뼈**를 추스르고 청새치 한 마리 누워 있습니다

마른기침이 들어옵니다
여름이 낳은 부레가 무성해집니다

다음 역은 만조입니다

*주인공원 : 주안역과 남인천역 사이에 부설된 주인선, 철길 위에 조성된 공원.

수봉산
― 팥죽할멈과 호랑이 편

옛날 옛적 수봉산에도 호랑이 가족, 아니 한 마리 정도는
살지 않았을까
　성황당에 돌멩이 하나 올려놓고 가족의 무사귀환을 빌지
않았을까

　백두대간에서 뚝 떨어져 있는 산이니 무리에서 떨어져
나온 외톨이 호랑이
　홀로 있어도 외롭지 않을 수봉산에 터를 잡지 않았을까
　초입 어딘가엔 목을 축이거나 끼니를 때울 주막 하나 있
지 않았을까

　제물포나 소래포구에서 생선을 짊어지고 가서 쌀로 바꿔
오는 이들이 고수레고수레 수수팥떡을 징검징검 놓아두고
호랑이는 고기맛을 잊고 그만 순해져서 떡하니 수봉산을
오래 지키지 않았을까
　산이 헐벗고 놀이동산이 된 건 홀로 지키던 호랑이가 죽
고 나서가 아니었을까

　그때 그 호랑이는 꼭 어홍어홍 하고 울었다지 팥죽을 쑤
어먹고 나면 흥하라고 흥하라고 노래를 불렀다지

누구는 간담이 서늘했을 그 소리가 수수팥떡과 팥죽 한
그릇에 흥에 겨운 우렁우렁한 가락이 되는 호랑이 한 마리
수봉산에 살았을라나

　굽이굽이 골목에는 호구들이 산다고 하고 호랑이 아가리
같은 굴삭기가 건물 한 채씩 집어삼키는 무서운 이야기가
새로운 전설의 고향이 되어 들려온다고 하는
　수봉폭포 아래에는 물소리에 떠내려온 종소리들이 오래
된 지붕에 보랏빛 꽃을 피워내곤 한다지

　빈집에는 하지정맥을 앓고 있는 늙은 오동나무 할매
　쫓겨온 골목들이 얹힌 가지에 빈 액자 같은 그믐이 걸리
기도 한다지

　수봉길 어디쯤 호랑이바위를 배경으로 켜켜이 묵은 별들
이 고둥처럼 다닥다닥 내려앉아 퇴적된 이야기들

　어디를 들썩여도 이야기의 뼈들이 발굴되는
　흔한 월세방 같은 달이 뜨는

＊'~을라나'‘~으려나'의 입말.

작골연립에 살아요

빈 액자 하나를 걸어두었습니다

동쪽으로 창을 내고
감나무를 한 그루 심어놓았습니다

수봉산 작은 골짜기 야트막한 집에는
새들의 살림살이가 분주합니다
새소리가 창가 쪽으로 분분해도
커튼을 치지 않습니다

동편으로 창을 내어도 가동에서 바라보면 서편인
나동에서는 노을이 베란다입니다
늦도록 불이 꺼지지 않는 창이 두어 집 있습니다
어찌된 일인지 불이 켜지지 않는 캄캄한 창도 두엇 있습니다

어디에나 있는 빈 풍경 속으로
까치 한 마리 감나무에게로 날아왔습니다
제 짝을 잃고
집으로 가는 길을 잊은 모양입니다

감나무가 받아적은 문장은 온점만 남았습니다
새들은 가끔 제 심장을
나무 위에다 걸어놓고 갑니다

종종 아침노을이 붉었습니다

날아라 변태

완전 변태와 불완전 변태의 차이는
번데기 시절이 있느냐 없느냐지

스스로 고치를 지어
거울도 없는 방에서 스스로 초상을 그리는 동안
생각나지 않는 얼굴을
지워진 얼굴을 떠올리는 동안
캄캄한 어둠은 얼마나 단단하고 견고했던가를
알고 모르고의 차이지

불완전이든
완전이든

가족이 던진 사과에 맞아죽는
카프카의 변신에 대처하는
우리들의 자세는 완전 변태

한낱 배를 밀며 바닥을 기어다니는 벌레에서
새로운 차원으로 이동할 운송수단을 갖는 것

촉각과
후각과
청각을 선발로 세운
제3의 감각을 발명하는 것이지

완전 변태
꽃은 번데기 시절을 잊지 않지

즐겨하는 난독법

뱅글뱅글 돌아다니는
허공으로 몰려다니는
어제의 실종

그늘과 빛의 비율을 수시로 재는
우물과 빗방울을 반사하는
고뇌의 굴절이 완성한 안경을 쓰고
밤과 낮의 불립문자를 해독 중

수억 광년을 건너간 너의 은하
당신의 활자
구름의 음소와 바람의 음절의 궤도를 측정 중

저녁을 붓질하던 네 얼굴에 그려넣은 음계가
짙어졌다 옅어졌다가 다시 흩어지는 농도를 채보 중

현관 앞
현무암과 배롱나무
묵묵부답을 듣는 중

봄밤

오토바이 소리
꼬리 한번 길다

투다다다다다
부아아아앙

어디서
꽃들이 한꺼번에 올라나

2부

일희일비 위로악단

모과가 익어가는 시간

한지에 스민 먹빛이
천 년을 간다니

얼마나 부드러운 혀를 가진 것이냐

골목

공터 하나씩은 품고 있게 마련이야

허파꽈리처럼 부풀었다가
길을 따라 사연들이 흘러가게 마련이야

불 꺼진 방을 빠르게 돌아가는
자전거 바퀴 자국들이거나
밤새 서성인 발자국들이
여기저기 욱신거리는 달밤

눈인지
꽃잎인지가
맥없이 흘러가게 마련이야

각자 방들을 하나씩
뿌리식물처럼 자라게 묻어두고

새소리가 빗소리처럼
와서 젖어가곤 해

그가 담배 한 모금을 빨아들였어
기침하듯 나무들이 이파리를 낳았어

이파리마다
공터가 있게 마련이야

그녀, 입체

정육면체에
각기 다른 암호를 가진 주사위
사각형도 아닌 모서리쯤을 그려놓은
어느 날
사랑이라는 점괘를 얻고
흐뭇했으나 읽어내는 사람이 없다

모서리를 열었다
헝클어진 머리를 빗질하는 동안
노래를 잃은 별 몇이 떨어졌다

화장을 걷어내고
갓 태어난 장미 한 장을 오래 읽었다
폐부로 스며든 문장이 붉었다

새벽마다 거울이 들어 있는 방에 들어섰다
어둠을 토하는 일이 잦았다

제일 단순한 사각은 열리지 않았다
모서리가 만나는 꼭짓점은 정오를 가리켰다

납작한 그림자로 기울어진 그녀,
아무도 읽어내지 못했다

봄비가 왔다
나무 한 그루 심는다

잠자는 나뭇가지에는
코끼리 귀처럼 펄럭이는 음표가 떴다

자전을 하는 별들이 무수히 와서
공전을 하고 가고는 했다

둥근 방 하나 익어가고 있다

칠월은

여기는 물고기 숲입니다
이를 악물고 꽃이 피어납니다

누구나 아가미를 가지고 있지는 않지요
입술이 파래지도록 헤엄을 쳐도 진화하지 않는 족속들이
공중에 부려놓은 허기를 데리고 숲으로 숨어들었습니다

안개 흥건한 숲 눈시울 쪽으로
가냘픈 노래들이 여울에 기대어 있습니다

쫓기는 햇살이 떼지어 몰려오면
마른 새들은 가문비나무 물관 깊숙이 부리를 꽂겠지요

부리가 보랏빛이 될 때까지
보랏빛이 새까매질 때까지

제 부리가 빠지는 줄도 모르고
제 이름이 박히는 줄도 모르고

두고 간 발자국에 빗물이 고이고

퇴화된 부레를 가진 물고기들이 알을 낳았습니다
철모르는 지느러미가 피었습니다

거품처럼 꽃이 피었다가 진자리
새로 아가미 한 점씩 얹어놓습니다

새살이 돋는 가시 물고기들 사이로
웃자란 달이 부화하는 중입니다

열대야

열대야와 열대어는 한 끗 차이다
라고 쓰고는
참 맞는 말이다 싶은 생각이 들었다

열대어와 열대야가 한 끗 차이다
라고 생각하자
흐느적거리며 지느러미들이
옆구리와 등과 발목과 발등에까지 생겨났다

깊은 밤 같은 어항에 누워
베개 없이 천장을 향해
쓰윽 몸을 들어올렸다

심해에서 눈이 퇴화된 물고기의 감각을
떠올리기 위해 눈을 감는다

어항 속이 미지근하고 들척지근해서
속까지 미식거릴 즈음
꼬리지느러미로 변한 발끝으로 바닥의 모래를 찬다

잠시 어지러운 꿈처럼
흙탕물이 일었지만 이내 물속은 느려졌다

물방울들이
불린 방들을 꺼내고 있다
아주 천천히
아가미를 닫고 열었다

빈방들은 갈 수 없는 나라 쪽으로
멀어진다

가만
열대어는 심해어가 아니다

헤엄을 쳐서 빈방을 따라잡아야지
해초들과 산호들의 노래를
따라가야지

열대야가 깊어간다

봄비

깻잎처럼 착착 접히는 별
차곡차곡 얹히는 별
깻잎절임 담그는 소리

착착 차르르
별잎과 별잎 사이 구름장을 켜켜이 넣고
여리고 순하게 떨어진 별잎들로 장아찌를 담근다

별의 별맛이다
삶이 뻑뻑한 날에는 밥을 폭폭 끓여서
같이 먹는다

다른 반찬이 필요없다

담쟁이 벽화

발톱이 빠지고
발자국이 났다

이파리를 지우고
저 담장을 부지런히 걸어갔다

달라붙은 노을을 떼어내고
흥얼거리며
후렴구 같은 그림들이 걸렸다

칠면초의 발목처럼 붉다

발자국들 촘촘하다
발톱의 이름은 날개다

꽃피는 독거

벽으로 들어갑니다

뼈만 앙상한 듀오백 의자는
뜻을 알 수 없는 표정으로 앉아 있습니다

물기를 토해낸 검은 비닐봉지들
눈인사를 외면한 플라스틱들과
잇몸만 남은 꽃병과 화분들

그녀가 벽을 세우는 일에 골몰하고
벽과 벽 사이에는 쉴 곳이 많아졌습니다

틈으로 채워진 방
중얼중얼 흘러나오는
대문 옆 노란 민들레 문패

겨울에서 다시 겨울 사이에
방이 생겼습니다

저승꽃들이 피었습니다

벽이 부풀어오릅니다

집 한 채 홀로 지어졌다가
홀로 저무는 시간

외눈박이 창으로 불빛이 쏟아집니다

붓꽃

손을 놓고
손을 놓치고

여름이 옵니다

골목길이 사라지고
담벼락에 벽화가 드러납니다

햇살이 붓질을 서둘러
곧 발굴될 모양인
무덤들이 있습니다

무덤은 하나같이
노랗거나 보랏빛입니다

올해엔 어느 가문입니까
사라진 왕족들이 즐비한 담장

사연을 알 수 없는 왕국들
사라진 언어들

무성한 폐허가 열리고 닫힙니다
길은 사라지고

손을 놓치고
남은 말들을 삼키고

너머에 누군가 살고 있습니까

다비茶毘
─ 눈사람에게

나는 오늘 흐느적거리는 아침을 맞이하겠다

밤새 시달린
꿈들을 데리고 천천히 일어나

뜨거운 물로 녹여가면서
뼈만 앙상한 겨울나무 한 그루 살려내겠다

시린 아침이 주었던 가벼움을 얹어
느린 걸음으로 어기적거리며 성급했던 식사를 반성한다

찬바람에 천천히 단련되듯이
나는 아주 천천히 녹을 예정이다

녹아서 흘러서 갈 곳이 있는 양
물렁한 결심을 굳히고

나는 오늘 시간에 잡히지 않은 채로 살아보겠다

견고한 형체를 녹이는 것은

모든 여름들이 갖춘 공격 무기일 테지만

나는 무방비로
무장하지 않은 체온으로
온몸에 불화살을 맞고 장렬히 살아가겠다

겨우 초복이 지났다

다 녹아내리고 남은 건 어쩌면
숯불용 땔감 한 묶음이면 좋겠다

능소

꽃이 진다라 하지 말지
능소가
능소가 진다라고 해야지

너를 내려놓고
그토록 붉은 귀

소리 없이 지는 날들에
그늘 정원

문질러준 명치끝이
깜깜했다가 붉어졌어

어제 감나무가
감을 하나 던졌어

창도 넓히고
그늘도 넓히는 모양이야

빛나는 말들에 몰렸던

지친 걸음들을 벗어두려고
네가 내려와 섰던 그 자리
한 켤레만 두고 다 던지려고

곧 가을이잖아
그토록이나 붉은 말

고마워

개나리

낚아올린
저 비늘 한 광주리

부레를 부풀리고
아가미를 뻐끔이며

어느 길모퉁이를 돌아왔는지
숨가쁘게 환하다

목이 木耳

죽은 뒤에야 나는
나를 듣는 귀를 얻었다

백 년을 살다가 나를 잃고
비과 바람의 등성이에 누웠다

무명 수의에
귀촉도가 와서 울었다

진달래가 피었으나
하나도 듣지 못했다

내가 죽고 다시 백 년이 가기 전에
하고 싶은 말들이 생겨나
비구름 두루마리에 적는다

말을 알아듣는다는 듯
마음을 읽을 줄 안다는 듯

거기 수묵화원을 거느린 문이 열렸다

*목이 : 죽은 나무에 나는 버섯.

중얼중얼

앞으로 내달리는 차 사이로
아무렇지도 않게 길을 건너던 여자

멈추지 않고 중얼중얼거린다
치맛자락만 알아듣는다

여름내 빽빽하게 우는 것이
매미만이 아니라고
틈이라는 틈
금이라는 금
말이 새어나가듯 풀이 돋는다

중얼중얼 구름이 지나가고

말하지 못한 것들이
풀려나오는 여름을

장대비
소낙비
주먹비

알아들었다는 듯 온다

꽃들이 활짝 귀를 열었다
향기가 신음처럼 새어나온다

흘러가던 차들이
흠칫

푸른 밤
―혹은 밤비

작약도 작약이지만
달밤도 여러 겹이라
저리 곱다

피어나느라
며칠 앓은 달밤은
한 움큼씩 달이파리 뚝뚝 베어낸다

달밤도 달밤이지만
꽃잎도 꽃잎이지만

여러 겹 물결이 이는 강가에서
나무는 새로 외발 잎새 돋는다

밤 물결 소리 점점 사납다
밤은 겹겹이 깊어간다

밤은 상영 중

64

3부

참외전外典

물렁한 자세
― 보름에 부쳐

돌멩이가 되기로 했다
땅속에 묻혀 있으면 있는 대로
차이면 차이는 그대로
소리 내지 않고
처음부터 돌이었던 듯이
살아가기로 했다
비가 오고
바람이 부는 동안
말갛게 씻기고 굴러다녔다
하늘에도 돌멩이 하나 굴러다닌다
오래 굴러서 여기까지 왔나보다
나도 굴러다니다가
물렁해져서 저렇게 밝아지려나
빛을 저렇게 흘릴 때까지
잘 익어서 떠 있고 싶은
딱딱하고 단단한 날들에 부쳐

참외를 받으세요

고개를 들지 못했다

하얗고 날렵하게 놓인 참외를
한 조각 입에 넣었을 뿐

달지?
괜찮아

모든 꽃들이 다락방을 가지고 있지만
모두 방에 불을 켜두지는 않아

여치들 순결한 울음을 입에 넣습니다

참외를 먹습니다
하얀 속살을 먹습니다

껍질도 얇고 달아요

끝물 참외라는 말
마지막 참회의 기회라는 말

맨질한 껍질을 벗기고
죄가 생각나게 뭉툭하게 잘라요

당신이 잊고 있어서 말해요
참외꽃 같아서 말해요

다락에 켜둔 신혼은 잊어요
둥글고 환한 꿈은 좀 더 가늘게 가르세요

잘게 씹어서 삼키세요
씀바귀가 얼마나 달콤한 혀를 가지고 있는지 아시지요?
허망한 방 같은 건 진작에 삼켜버렸지요

그래요 참외를 드세요
단내나는 일들에 대해 참회하세요
미안하게 달게 받으세요

달이 갑니다

당신에게 가는 방법은 다양합니다

이번에는
참외를 보냅니다

뿌리가 바깥을 내다봤을 때
당신에게 띄운 나를 가만히 밀어올리셨을 테지요
모든 처음을 디딤돌 삼았겠지요
대장장이의 담금질을 견딘 쇠가 쩌렁쩌렁 울었습니다

꽃 피우는 일이 그러했습니다
잎을 틔우는 일이 또 그러하듯
흰 목이 흰 그림자를 데리고 오는 동안

노랗게 높다랗게 그을린 마음
잘 익었다는 말은
기필코 당신에게 당도하겠다는 말

오래 수그리고 걸어왔습니다
지상에 뜬 당신을 만나러 왔습니다

먼 약속을 잊은 당신에게
잘 익은 참외 한 통을 보냅니다

참외를 생각하다니

참외가 이렇게 간절할 일인가

한밤중 자다 깨
참외를 생각하다니

참외꽃이 피더니
꽃이 참외를 낳고 여물더니
참외를 따서 쟁반에 담더니
둘둘 깎아낸 참외 하얀 등에서
싸앗을 발라내고 가르더니
우르르 씨앗들이 나왔겠지

참았던 단단한 말들이
입 안을 우걱우걱 돌아다니더니

잘 익었어
세상 싱겁지 참외가 달아

참외 생각하는 동안 비 그쳤어
잠이 안 오다니…

없는 참외밭이 생겼어
빈들이 오겠지

찬비가 왔으니
끝물 참외도 먹었으니

울음들 씨앗처럼 다 쏟아졌으니

참외는 말이야

참외는 럭비공같이 생겼어
들고 뛰어오르면 골대를 향해 던질 수 있을 거 같아

아니 참외는 배꼽이야
탯줄을 감고 있다가 뚝 떨어져 나왔잖아
싱겁지만 우주가 낳은 우주야

참외는 로켓이야
힘껏 나아가는 저 빛깔을 좀 봐
흉내낼 수 없이 견고해

참외는
모든 것의 바깥이야

참외 하나를 깎아서
접시에 놓는 순간

우리는 이구동성으로 말했어

참외는 뭉클한 것들을 베는 칼이야

헐겁고 무성한 여름을
베고 또 베어서 참 촘촘하게도 묶어놨지 뭐야

혀는 꼼짝없이 당했어

비열한 말들은 참외하고
우물우물 입 안 가득 씹혔지

웃음들이 새어나왔지
그래 그렇게 웃었어

보름은 지나고 만나요

요즘 참외가 맛있어요
껍질이 얇고 달아요

세로로 가늘게 눈썹처럼 잘라요
한 입 먹고 당신이 떠올랐어요

꽃이 먼저 피었겠지요
환하게 켜둔 울음을 찾아왔겠지요

바깥은 어둡다고 했어요
반딧불 모을 생각도 않고 강으로 내려가곤 했는데요
밤 물결 소리가 정말 좋았더랬습니다

어둠이 물러가기 시작한 건 그때였습니다
눈감고 듣던 강물 소리부터였지요

참외꽃은 참 밝지요

초승에서 하현까지
밝은 울음을 단련했으니

날렵한 울음을 만나러 오세요
숫돌에 쓱싹쓱싹 갈아서 강물을 들였어요

강물 속으로 여러 해
벼린 달들을 넣어두었지요

참외가 달아요
울음을 삼킨 꽃들이 낳았어요

바깥이 환해졌어요

감나무 살림법

풀벌레 소리가 가득한 정원으로
감나무는 이사 중입니다

붉은 소파 하나 들이더니
거기 고단한 어깨 걸어둘 옷장 하나를
더 들이는 중입니다

창가 쪽으로 여름의 마지막을 노래하는
쓰르라미며 여치의 인사도 레코드에 걸어두고

지는 잎들이 거둔 미소로
목화솜 이불 한 채도 막 들이는 중입니다

골목 어귀 개오동나무 그늘이
감나무 단출한 살림을 보고는
이사 오던 날 생각 몇 잎을 떨구었습니다

새가 날아간 뜨락은
조금 비워두고요

아랫목으로 이불 한 채 놓아두었습니다
그리움도 한 고봉 덮어두었구요

커튼은 좀 천천히 달아도 되겠습니다
푸른 휘파람 무늬가 하늘가에 잘 마르겠습니다

자목련화靴

새가 떨어진 곳마다
발자국이 씨앗처럼 부풀었다

기다렸다가
기다렸다는 사실도 다 잊은 자리에

공중에 묶인 발들
지상에 닿자마자 떠났던 새들을 향해
말없이 삼켜 퉁퉁 부은 노래들

다정하게 낡은 가죽을 덧대어
신발들 높이 고여 올리는 중이다

멀리 가도 아프지 마라
발뒤꿈치 물지 마라

단명한 발자국 본을 뜬 수제화들
오래 살아 있을 이름을 넣어 삼았다

대부도

빗방울 하나둘 진다

해당화는 지나가는 비를 따라
가만히 신을 벗는다

여름이 서쪽으로 오려나보다
봄이 다녀간 쪽이다

아픈 쪽으로 기울어지는 바다
모를 심듯 다녀가곤 했다

쫓겨온 석양이 흥건하게 들어오는 길목
무언가를 기르는 일은 함께 아픈 일

무릎을 넘지 않게 내려온 하늘을 알고 있다

동치미가 왔다

소리가 멈췄어
너를 통해 듣던 소리가 사라졌어

들리지 않는데
목이 왜 메이는지 모르겠어
숨을 넘기기 이렇게 힘든지 몰랐어

욕실도 무섭고
현관도 무섭고
식탁도 무섭고
앉을자리가 없어진 집

눈 뜨고 꾸는 꿈속으로
지나가는 너를 따라간

냉장고 문을 열고
동치미 한 사발을 마셨어
웃고 있는 네가 둥둥 떠다녔어

살얼음은 없지만 이가 시렸어

이가 시려서 살았어

목구멍에서 담쟁이 잎이 나왔어
너의 이름 한 편이 써 있었어

잘 지내
웃고

미지근한 고통

이례적인 여름은
의문과 소문이 무성했고
벌레들이 남은 잎들을 갉아댔다

작은 감나무 한 그루는 베어졌고
그루터기에 미래를 알 수 없는 싹이 났다

작년에 마지막 열매를 거둔 포도나무는
작은 감나무의 죽음을 목도하고
제 스스로 목을 맸다

온전치 못한 감이 떨어졌다
허옇게 검게 곰팡이와 검버섯이 들어선 채
웃지 않는 얼굴들

죽지 못해 산다는 말 무색하게
하늘은 파랗고
바람은 시원하고
한낮의 볕은 잠시 뜨겁다
멀지 않은 곳에서 까마귀가 운다

사랑하지 않는 날이 없었다
외면과 직면이 다 고통이다

직면하느라 화상을 입고
외면하느라 뿌리가 썩었다

창을 열고 잠을 식힌다
구렁이처럼 몸을 말던 바람이 허리를 편다

나뭇잎들 구멍이 숭숭 뚫린 채 웃는다

자영업자 개오동

라일락 목련 앵두 무화과
우리 골목 자영업자들

학교 옆 축대에 씀바귀와 고들빼기의 주 종목은
노란 꽃대와 씨앗 주머니
철 지난 민들레 일가를 소환하기도 했다

잎이 날 때 잎이 나고
꽃이 필 때 꽃을 피우고
잎을 지울 때 지우는 일이 전부인 양

해바라기 한철장사를 마치고 나면
눈사람이 불현듯 좌판을 벌였다

간판 없는 골목에는
달빛 파시波市가 열렸다

개오동 일가는
흘러가는 종소리를 기록했다
바람을 받고 잎과 열매를 주었다

비린내는 언제나 덤이라고
바닥에는 꽃쌈지 툭툭 열렸다

가짜 허기를 달래러 달이 오래 떠 있었다

감나무 1호

자기 몸이 감옥이고 무덤인 채로
꼼짝없이 서 있었다

올 여름에는 쉬지 않고 태풍이 오고
호우경보가 떴다
송충이와 쐐기가 들끓었다
까만 송충이 똥과
연둣빛 통통하게 살이 오른 풀쐐기들을
나뭇잎보다 더 자주 쓸었다

수직으로 열린 잎새는
망설임이 죄다 갉아먹고

마침내 폐장하는 마당
올해를 버틸까

첫눈도 기다리지 못하고
감나무는 까맣게 제 몸을 닫아걸었다

고층 건물에 둘러싸여 몇 해 잘 버텼지

수직을 완성하는 힘은 수평인데

정전 기능을 상실하고 이명을 앓고
마당이 돌고 이유없이 울렁거렸을 터

직립의 마지막 열매가
허리를 굽히고 한숨을 식히고 있다

매미

울음 원석
금강 세공사

허물을 벗고
단련한 울음

사랑은 어느 구절인가

고전古典 읽기

　나는 흔하디흔한 배추흰나비 향기를 따라가고 있지 누군가 창을 열었어 길을 안내하듯이 노랫소리가 흘러왔어 누렇게 바스라지는 잎사귀들과 하얗게 좀벌레가 슬고 흑백사진 속에 꽃은 보랏빛 오동꽃이었을까 선홍빛 동백이었을까 오래 앓은 해소천식에도 시들지 않는 책갈피 꽃밭 글자들이 늙고 부패해도 모래알처럼 흩어지는 시간들 허물어지는 의미들 사이에서 피어난 납작한 꽃잎 레코드, 향기를 그으며 따라가다보면 끝이 날까 지레 조마조마했던 노래…
곧 만날 거 같아

　옛날처럼 꿈처럼

4부

달이 갑니다

엔딩

동백을 생각했다
탱고의 리듬을 알았더라면
동백의 고백도 이해할 수 있었을지 모른다

동백은 이미 지고
붉은 점 하나 잘못 찍힌 듯 선명하다

이파리는 초록을 띠고 있어도
동백을 기억하고 있다

뿌리까지
동백이다

동백은 수시로
계절을 거절한다

잘못했다
동백을 보지 못했다

보리굴비

하룻밤 쌀뜨물에 불려두었다가
비늘을 긁었다

바짝 마른 굴비는
조기가 아니고 부사리라고 했다

칼을 수직으로 세워
꼬리 쪽에서 머리 쪽으로 긁었다
물결에 쓸리던 반대 방향이다

붉은 몸에서 비늘이 튀었다
비늘은 얇고 단단했다

꼬리 쪽 비늘이
제일 멀리 튀었다

저 힘으로 여기까지 거슬러왔구나
왔겠구나

비늘을 긁는 동안

타다닥 사방으로 튀어오르는

햇살 몇 점 주방으로 들어왔다

석모도

바다가 혼인색으로 물들었다

쉿소리 나는 비늘들이 튀었다

어미가 이름인 바다가 있다

어떤 폐업

구부정한 여름이 지나갔다

포도나무는 향기로운 지하를 간직하고
문을 닫았다

무른 꽃을 발라내고
자기 얼굴을 열고 들어가는
싱싱한 그림자들 붉은 살들 상념들

잘 닦은 바람을 밀며
달그락달그락 걸어가는 달을
살점 하나 없이 두드리고 편다

낡은 신발 한 켤레만 벗어놓았다
문 앞에 왁자한 발소리를 심은 화분이 놓였다

강요된 저녁

　설거지를 하는 동안 너를 데려온다 그러니까 설거지를 하는 나는 내가 아니라서 설거지를 하는 동안 달그락거리는 너는 내 설거지하는 방법이 마음에 들지 않는다 설거지거리를 분리해서 해야 한다고 말한다 그럴 필요가 전혀 없다고 하던 설거지를 마저 한다 설거지거리는 물컵밖에 없으므로 세제를 풀어 담그고 다시 두세 번 흐르는 물에 씻으면 된다고 재차 말한다 너는 틀어놓은 음악을 끄고 중얼거리다가 다시 컵을 엎어놓는다

　몇 번을 헹궜는지 모르겠어
　물을 틀어놓고 나온 건 아닌가 마음에 걸려

　수도꼭지를 잠가야 한다고 말하는 것을 잊었다 그것이 중요하지 않다고 생각했는데 생각해보니 씽크대 물을 계속 틀어놓는 것은 물을 낭비하는 것이라는 생각이 뒤늦게 든다 설거지를 덜한 것일까 플라스틱 사용을 줄이기 위해 플라스틱 컵을 버리고 스테인리스 컵으로 바꾸는 것이 좋은지 아닌지 모르겠다

　플라스틱 컵을 스테인리스로 바꾸고 아침마다 뜨거운 물

로 소독해야겠다고

   말하는 너를 잠그고 여전히 중얼중얼 새어나오고 있는
나를 본다

   다시 돌아가 잠긴 수도꼭지를 확인한다

   분리되었던 가족들은 아직 귀가하지 않고

   수거되지 않는 저녁이다

곳간

감나무에 들어와
종일 빗소리 듣는다

문은 닫고
창은 반쯤 열어놓고
늦은 봄비를 듣는다

하루 종일
빗소리를 짓고
빗소리를 빻고
물음은 쌀겨 일 듯 빠져나가고
다시 또 짓고
내 일 년 농사가 이러할 테지

빗방울이
빗줄기가

올 봄처럼 넉넉한 때가 없었느니
곳간을 들이듯
종일 빗소리 방 안으로 들이고

벽을 헐고

감잎이 나고

연두를 헐고

종일

감나무 지붕 둥둥 울리고

적적한 마당

울지 않는 것들에게서
울지 못하는 것들에게서
안부가 왔다

귀뚜라미가 왔다
어둠의 사각 어디쯤

쫓겨온 노래들이 켜졌다
정강이가 푸르스름하다

폭우

빗방울들이다
제각각이다

얼굴을 알 수 없다
한 줄로 읽힌다

억수로 내린다라고 뭉뚱그려진다
나도 빗방울이었다

아주 천천히 흘러가면
네가 살 수 있었을까

수염가래 꽃이 피었다

한여름 밤의 초대

끄트머리 영화제가 있었다
북성포구와 소설 속 북쪽 별을 찾아서의 별들처럼
우중우중하여 흐릿해진 별들이 바깥에서 웅성거리고

소설은 낭송되었다
목소리에서 목소리로 그림자는 그림자들끼리
서로 기울며 기울이며 영사기가 돌아가고
외따로 멈춘 기억이 재생되는 느린 물속 같은 밤

이상하게 따뜻했다
딱딱한 이국의 말들이 젖어서
흰 천에 닿은 영상이 밀물처럼 왔다가 갔다

문장들이 떠다니고 사람들을 흘러다니고
영화 속 노래와 가방이 열렸다가 닫히고
길을 떠났다

가볍게 떠나보내는 이들이 남았다
다들 자신을 읽는 일에 지쳐 있다가 서로를 모르는 이들끼리
난해한 가방을 들려 보내고 홀가분해진 듯 펄럭였다

밤은 다정한 문법을 가졌다고 했다

창가를 지나는 고양이가 한 문장을 읽고 갔다

WWW.수봉.co.kr

당신이
방전된 달이 떴습니다

어둠에 허기진 달
뼈와 이빨들이 드러났습니다

내몰린 치어 떼처럼
공사 중인 곳에는 담배꽁초들
몰려와 있습니다

끝물인 꽃들은 문패를 고쳐 달고
수봉로 181번길을 달립니다

골목 중간쯤
대문을 열어놓는 집이 있습니다
길 잃지 말라는 표지입니다

밑 빠진 의자가 주차되어 있는
골목의 생산성은 기록되지 않았습니다
골목을 따라 달이 켜졌습니다

외눈박이 전봇대 아래
하수구 쪽으로 씀바귀 꽃씨 하얗게
솜을 짓고 있습니다

컹컹
흘러오는 달을 건집니다

구름을 틀어 골목 한 채 짓습니다
여기는 당신과 내가 많은 곳입니다

인천 블루스

월미도는 속눈썹이 길고
석모도는 기도와 눈물이 길고
연안 만석 화수는 아버지의 등으로
져나르는 바다가 있고
어머니는 말없이 등대를 켜지

소래포구는 깃발
북성포구는 소멸하는 빛
아름다운 쓸개

끝없이 이어지는 골목들 그 모세혈관들
허파꽈리처럼 피어올린 화분들 꽃들
배다리는 오래 우린 뼈를 간판으로 내걸고

부평은 부레
수봉산은 등지느러미를 세운다

송도 쪽으로 노을이 만조다

구월

마당을 쓸었다
나뭇잎은 쇠랑쇠랑했다

가벼운 금속성으로
얇아질 때까지

얼마를 두들긴 것이냐
돌아가는 준비를 마친 것이냐

여기 오래고
숙련된 대장장이가 살았다

바람도 얇고 날렵하다
구름이 멀리서 떴다

무화

푸른 잇몸을 보였다

헌 이는 너 갖고
새 이는 나 다오

벼린 말을 내어주고
뭉툭한 이슬을 받았다

낡고 오래된 해와 달이
새로 돋는 별들을 점지했구나

불룩해진 울음주머니들
으앙으앙 별이 뜰 텐데

널어놓은 바람은 너 갖고
저기 가는 구름은 나 다오

사뿐사뿐 딛는 꽃잎은
촛불 한 점 한 점 떠놓고

밤을 한 동이 이고
낮을 한 동이 져다놓고

뒤란은 넓적한 귀가 밝았다
풀벌레 울음도 한 동이 길어놓았다
무르고 무른 달이 떴다

잘 익은 살은 너 갖고
환하게 밝은 뼈는 나를 다오

남은 소원을 까맣게 태우고
재를 타서 마시고 너를 낳았다
사랑아

배롱꽃이네

필 때도 배롱꽃 빛이더니
질 때도 배롱꽃 빛이네

서로 배경이 되는 거리에서
탄생하는 허공허공들

첫 꽃잎을 밀어올릴 때
첫 울음이 이름이 되는

역에서 내려올 때까지
한 달음이네

다독이는 마음

이병국/ 시인, 문학평론가

고뇌의 굴절이 완성한 안경을 쓰고

시인이 시를 쓴다는 것, 아니 시를 짓는다는 것은 어떠한 의미를 지니는 것일까. 시를 자아와 세계의 동일시에 근거한 개인적 독백의 장르로 여기는 통념은 오랜 교육 과정을 거쳐 고착화된 편견일 수 있다는 걸 우리는 안다. 물론 세계와 사회의 부조리함에 저항하려는 시가 다양한 목소리를 지닌 타자를 재현하며 다채로워진 것도 사실이지만 여전히 시는 일인칭의 자아가 자신의 내면을 고백함으로써 일상을 살아가는 존재의 정동을 묘파하는 것 역시 사실이다. 다만 이를 어떠한 방식으로 구성해내는가가 중요한 점이라고 할 수 있겠다. 익숙한 것을 낯설게 바라보도록 독자를 이끌어 어떤 이질적인 부력에 몸을 맡겨 너머의 세계로 횡단할 수 있게 하는 것처럼 말이다. 시를 짓는다는 것은 이곳을 다독여 저곳을 상상할 수 있도록, 그럼으로써 경계를 지우고 역동적인 삶을 모색할 수 있도록 하는 위안의 구체적 수행이 아닐까.

　금희 시인의 두 번째 시집 『고양이시금치라고 불러』는 이를 감각적 재현을 통해 형상화한다.˚ 이를테면 시집을 여는 시인 「봄은 물고기」에서 보이는 것처럼 말이다.

　앵두꽃이 졌다

　벚꽃보다
　빠르게 헤엄쳐 갔다

　비늘을 털고
　수천 수만 송이

　알을 낳고 승천했겠다
— 「봄은 물고기」 전문

　봄을 생명력으로 가득찬 물고기로 전유한 이 시의 감각적 묘사는 탁월하다. 피아노 선율에서 물고기의 튀는 빛의 꼬리를 보았던 모더니즘 시인 전봉건의 감각을 여기에서 본다. "앵두꽃이 졌다"는 진술은 이어지는 "벚꽃"과 이어져 계절의 흐름을 재현하는 한편 "빠르게 헤엄쳐 갔다"는 묘사로 연결되어 흐름을 감각적으로 형상화한다. 단순한 시간의 연속적 흐름이 아니라 능동적인 행위로 전환하여 계절을 지각하는 시인의 응시가 새롭다. 그렇다고 시인은 봄이 빠르게 지나가는 데 의미를 두지 않는다. 그보다 지나간 봄의 흔적을 훑는 방식을 취함으로써 이후의 시간을 미리 살피고 있다. 봄이 "비늘을 털고/ 수천 수만 송이// 알을 낳고 승천"했을 거라 믿는 것은 앵두꽃과 벚꽃의 꽃잎을 "알"로, 새로운 존재의 미래 가능성으로, 그 무한의 열망으로 잇기를 바라는 시인의 마음에 가닿는다. 이처럼 간결하게 사유를 전개하는 시인이 자신의 시적 세계를 열어젖히는 시로는 가장 적확한 배치가 아닐까.

그러나 우리가 오해하지 말아야 할 것이 있다면, 금희 시인이 보여준 감각적 사유의 긍정이 호기로운 희망으로 점철된 것은 아니라는 점이다. 이는 계절의 변화만큼이나 자연스러운 과정일 수 있지만, 그것을 가능케 하는 것은 만용의 긍정이 아니라 삶의 고통을 예민한 감각으로 어루만지는 데에서 비롯된다.

무성한 폐허가 열리고 남은 말들을 삼키고

이번 시집 곳곳에서 우리는 계절에 따른 시간의 경과와 그 안에서 반복적으로 감각되는 사물, 즉 꽃과 물고기, 밤, 달, 별이 짓는 이미지와 마주한다. 이러한 시적 대상은 시적 주체에게 단순히 아름다움을 감응케 하는 외재적 존재로 머물지 않는다. 봄을 "고양이시금치"로 은유한 표제작 「고양이시금치라고 불러」의 경우에도 '괭이밥'이라는 잡초를 상처 입은 고양이의 이미지로 전유하여 존재의 불안한 심연과 그것을 다독이려는 시적 자아의 명징한 의지를 겹

처놓음으로써 대상과 주체를 동일한 관계성 속에 위치시킨다. "영혼을 닫고 몸을 구부"린 너의 "다친 눈동자"를 "흔들리는 노을 편으로 기울"여 "곧 아물겠지"라고 위안의 메시지를 전하고자 하는 시인의 마음은 시적 대상이 단지 외부의 어떤 독립적인 개체라기보다는 시적 주체의 내면으로 기입된 공통의 존재임을 분명히 한다.

저 아름다워 보이는 자연, 꽃의 세계 역시 가혹한 환경 속에서 불완전하고 불안하게 유지되는 것인지 모른다는 것, 그리고 그것을 견디는 것에 불과할지도 모른다는 시인의 연민과 성찰은 고스란히 누추하고 비루한 삶을 살아가는 모든 존재의 양태로 확장된다.

저 꽃들은 다 헛간을 가지고 있었구나

헛간에 들인 검불들 지푸라기들 짚더미들
그곳에 기어드는 고양이와 쥐새끼들과
흰개미와 틈새로 들여다보는 햇볕과
물들인 손톱을 가지런히 내어보이던 달빛과
말들과 말들의 갈기들과
쇠스랑과 빗자루와 물뿌리개와 물마른 호스가
비 오는 날 젖은 발을 디밀던
처량한 짐승들의 꿈꿈한 냄새들이
고이고 삭는 헛간

일을 준비하거나 마감하거나

118

삶을 준비하거나 마감하거나

헛간은 살아 있는 냄새로 가득하겠지
한쪽에는 밭이랑을 고르고
씨 뿌릴 곡괭이와 씨앗 주머니가
발소리를 따라가며 이미 흥겹겠지
―「헛간을 태우다니」 부분

알다시피 헛간은 가축의 주거지 또는 작물, 연장 등을 보
관하거나 작업장 등의 용도로 사용된다. 그곳은 "일을 준
비하거나 마감하"는 데 필요한 것들을 보관, 정리함으로써
"삶을 준비"할 수 있게 돕는다. 그러나 그곳에 든 존재들의
면면을 보면 오히려 황폐한 삶을 증거하는 듯 보인다. "검
불들 지푸라기들 짚더미들"은 비록 다른 쓸모가 있기도 하
겠으나 대부분 그 효용을 다하고 남은 것이다. "그곳에 기
어드는 고양이와 쥐새끼들과/ 흰개미"는 불모지화된 헛간
을 응시하게 한다. 그곳에 비치는 "햇볕"과 "달빛"은 "처량
한 짐승들의 꿈꿈한 냄새들"을 비출 따름이라 누추한 실존
을 폭로하는 역할을 수행한다. 이 비루한 현장에서는 "삶을
준비"한다기보다는 "마감하"는 게 더 어울릴지도 모르겠다.
그러나 시인은 "헛간은 살아 있는 냄새로 가득하겠지"라고
하며 비루함의 지속성을 끊고자 한다. 이어지는 "밭이랑을
고르고/ 씨 뿌릴 곡괭이와 씨앗 주머니가/ 발소리를 따라가
며 이미 흥겹겠지"라는 구절은 '~겠지'라는 소망을 담은 미

래시제를 활용함으로써 힘겨운 현실 속에서도 괜찮을 미래를 상상하며 존재를 다독이는 시인의 삶의 태도를 반영하는 데 기여한다.

헛간은 준비와 마감이라는 서로 다른 지향을 하나로 잇는 공간이자 주어진 현실 속에서 성실하게 삶을 지속하려는 의지가 투사된 장소이다. 그것은 주체적이고 능동적인 행위에 기반한다기보다는 삶의 무게로 인해 수동적일 수밖에 없는 존재의 양태를 재현한다. 그런 이유로 헛간은 태우고 싶은, 벗어나고 싶은 곳이지만 "삶이고 짐인 모든 농기구들이 거기 있게 마련"이라서 태울 수 없는, 또 다른 가능성을 소망하는 장소가 되는 것이다. "저 꽃들"이 모두 "헛간을 가지고 있었"다고 보는 것 역시 '저'가 지시하는 대상만이 아니라 이를 응시하는 화자를 모두 포괄하는 존재 방식인 셈이다. 이는 "공터 하나씩 품고 있게 마련"(「골목」)이라는 구절과 연결되어 더 진중한 성찰과 교직交織하여 맥락화되는데 이때의 '공터'는 헛간과 달리 아무것도 없는 곳, 사연조차 길을 따라 "흘러가게 마련"인 공간이다. 그러나 그흘러가는 사연은 골목이 품은 애상적 정동을 거쳐 공터에 흔적을 남긴다. 이는 "불 꺼진 방을 빠르게 돌아가는/ 자전거 바퀴 자국들이거나/ 밤새 서성인 발자국들"인데(「골목」), 온기를 그리워하는 존재의 스산한 풍경처럼 보이기도 한다. 무엇으로 채울 수 없는 결핍된 존재. 그렇게 "겨울비가 오는 동안/ 눈동자는 지워지고/ 입술은 흩어지고/ 머리카락은 빠"져 결국 "모자만 남"(「모자와 겨울비」)은 채 결여 그

자체가 되어버린 존재.

　이처럼 공터에 남은 흔적은 존재의 결여를 지시하지만, 그것이 존재의 처참함을 상상하게끔 하진 않는다. 시인은 "여기저기 욱신거리는 달밤"(「골목」)을 마주하더라도 그 어둠이 "얼마나 단단하고 견고했던가"(「날아라 변태」)를 기억한다면 골목을 휘돌아 나간 이의 불완전함은 그리 중요한 일은 아닐 거라고 말하는 듯하다. 우리는 모두 결핍된 결여의 존재라서 '헛간'과 '공터'를 존재 조건으로 지니고 있지만, 그곳은 삶이 흘러가게 하는 곳이지 멈춰 주저앉게 만드는 곳이 아니라는 적막한 위안의 목소리가 들리는 듯도 하다. 시인은 "납작한 그림자로 기울어"져 "아무도 읽어내지 못"하더라도 무기력하게 좌절하기보다는 봄비가 내린 후 "나무 한 그루 심"어 삶의 다른 가능성을 조형해낼 수 있으리란 믿음을 우리에게 준다(「그녀, 입체」). 이를 감각적으로 형상화한 시를 보자.

　　발톱이 빠지고
　　발자국이 났다

　　이파리를 지우고
　　저 담장을 부지런히 걸어갔다

　　달라붙은 노을을 떼어내고
　　흥얼거리며
　　후렴구 같은 그림들이 걸렸다

칠면초의 발목처럼 붉다

발자국들 촘촘하다
발톱의 이름은 날개다

—「담쟁이 벽화」전문

　혼적은 결여를 지시할 수는 있어도 존재를 잉여로 만들진 못한다. 오히려 혼적을 남길 수 없는 것, 즉 머물러 있어야만 하는 것이야말로 존재를 잉여로 만드는 것이겠다. 그러니 헛간을 태우고 공터를 품은 채 골목을 돌아나가려는 것이 아닐까. 그러므로 혼적은 존재의 행위가 수행되고 남은 자리에서 실존을 증명하는 기제로 작동하는 것인지도 모를 일이다. 인용한 시에서 화자가 감각하고 있는 것은 담쟁이가 담장을 오르고 난 뒤 남은 발자국, 즉 혼적이다. '단단하고 견고하게' 자신을 지탱한 발톱이 더는 필요치 않을 때 벽에서 떨어져 나간 혼적. "달라붙은 노을을 떼어"낸 자리에 "후렴구 같은 그림"으로 전면화된 담쟁이의 발자국은 자신의 앞을 가로막는 담장의 불투명성을 극복하려한 담쟁이의 치열한 투쟁의 결과이다. 이는 구체적 수행으로 "저 담장을 부지런히 걸어"간 담쟁이의 실존을 증명하며 행위의 즉물적인 완결과 담장 너머의 세계를 탐구하는 데로 이어진다.

　조르주 디디-위베르만Didi-Huberman, Georges은 우리가 상상하는 방식 속에 정치하는 방식이 놓여 있다고 말한 바 있다. 이는 세계를 감각하는 우리가 그 감각을 통해 해석된 세계를 새로운 방식으로 재배치함으로써 다른 세계를 지향하는 자기 전개의 욕망에 닿아 있다. 담쟁이의 흔적을 톺는 금희 시인의 감각은 시인의 내적 욕망과 결부된 내적 실재의 이미지이면서 개체적 층위의 상상을 넘어 사회적 층위로 확대 재생산되어 다른 가치를 발현할 수 있기를 바라는 원심력으로 작용한다. 이는 "갈 수 없는 올 수 없는 건 길이 없기 때문이 아니라/ 시공을 접는 기술이 없기 때문"이라는 구절에서 엿볼 수 있는 것처럼 "바닥을 놓"고, 아니 "바닥부터 놓"음으로써 세계를 "재건축"하려는(「공간 접기」), 정치적 수행이자 시작 윤리의 교직으로 연결된다.

사적인 감각의 발현태인 담쟁이가 담을 넘는 행위는 '시공을 접는 기술'을 체현하는 것이자 이미지-사건이라 할 수 있다. 그런 연후에 도달한 담장 너머는 시 텍스트 바깥으로 뻗어나간 우리 자신과 우리가 경험하는 세계가 더 나은 모습으로 바뀌어 있기를 소망하는 정치적 욕망이 내재한 공간으로서의 의미를 획득하게 되는 것이다. 다만 이를 위해서는 "벽을 세우는 일에 골몰하"다 "틈으로 채워진 방"에서 "홀로 저무는"(「꽃피는 독거」) 존재가 없도록 "너머에 누군가 살고 있습니까"(「붓꽃」) 묻는 연결과 그로부터 지각된 스산한 외로움의 정동, 그리고 그것이 이끄는 비루한 삶에 대한 절대적 환대의 구체적 실천이 요구되는 것도 사실이다.

아픈 쪽으로 기울어지는

일찍이 오규원 시인은 『새와 나무와 새똥 그리고 돌멩이』 (문학과지성사, 2005) 뒤표지 글에서 "시인의 작품 또한 하나하나가 세계이므로 그 세계 또한 시인의 안에서는 구조이며 밖에서는 '나'를 비추는 거울이다. 그러므로 그 거울은 정교할수록 그리고 투명할수록 좋다"고 한 적이 있다. 이를 전유하여 금희 시인의 시를 말하자면, 감각적 구조를 통해 세계의 흔적을 거울에 비춰 자신을 돌아보는 구체적 수행의 결과물이 아닐까 생각해본다. 꽃을, 담쟁이의 흔적을 감각하는 것, 잘 익어 달달한 참외에서 "참회의 기회"(「참외를 받으세요」)를 요청하는 것 역시 그러한 시적 수행의 결과로 보는 것이 타당할 것이다.

바깥은 어둡다고 했어요
반딧불 모을 생각도 않고 강으로 내려가곤 했는데요
밤 물결 소리가 정말 좋았더랬습니다

어둠이 물러가기 시작한 건 그때였습니다
눈감고 듣던 강물 소리부터였지요

참외꽃은 참 밝지요

초승에서 하현까지
밝은 울음을 단련했으니

(…)

참외가 달아요
울음을 삼킨 꽃들이 낳았어요

바깥이 환해졌어요

—「보름은 지나고 만나요」 부분

　참외를 소재로 다룬 시편들은 알 수 없는 이유로 부정적
상황에 놓였던 이의 슬픔의 정동을 의뭉스럽게 펼쳐놓는다.
참외는 "단단한 말"(「참외를 생각하다니」)의 씨앗을 품고
있으며 "순결한 울음"(「참외를 받으세요」)이 되어 존재의 내
면에 켜켜이 쌓인다. 아마도 "단내 나는 일들에 대해 참회"
(「참외를 받으세요」)하지 않는 당신 때문일 것이다. 화자는
그런 당신이 "먼 약속을 잊"고 있음에도 "기필코 당신에게
당도하겠다"는 듯이 "오래 수그리고 걸어왔"지만 만날 수
없어 "잘 익은 참외 한 통을 보"내는 것을 갈음하고자 한다
(「달이 갑니다」). 시인은 참외를 "모든 것의 바깥"(「참외는
말이야」)이라고 한다. 그러면서 인용한 시에서 "바깥은 어
둡다"고 한다. 두 문장을 합치면 '모든 것의 바깥인 참외는
어두운 무엇'이 된다. 그럼으로써 당신을 향해 보내는 것이
어두운 바깥이 되는데 이는 참회하지 않는 당신으로 인해
어두워져 순결한 울음을 켜켜이 쌓은 '나'로 미끄러진다. 달
고 맛있는 참외는 단단한 말을 품고 "울음을 삼킨 꽃"을 낳

는다. 이때의 꽃은 제목에서 엿보이듯이 "보름", 즉 보름달의 형상으로 환유된다. 시인의 시가 정교하고 투명한 거울로 '나'를 비춘다는 점을 고려할 때, 저 바깥의 시는 당신과의 관계 속에서 부정적 정동을 경험하는 화자가 그것을 극복하기 위한 능동적 수행을 거쳐 바깥을 환하게 만들어 웃게 되기를 소망하는 마음을 되비춘다고 할 수 있다. 그럼으로써 "초승에서 하현까지/ 밝은 울음을 단련"한 화자는 존재의 내면으로 상징되는 "강물 속으로 여러 해/ 벼린 달들을 넣어"둠으로써 비로소 웃을 수 있는 밝고 단단한 주체로 재정립된다.

돌멩이가 되기로 했다
땅속에 묻혀 있으면 있는 대로
차이면 차이는 그대로
소리 내지 않고
처음부터 돌이었던 듯이
살아가기로 했다
비가 오고
바람이 부는 동안
말갛게 씻기고 굴러다녔다
하늘에도 돌멩이 하나 굴러다닌다
오래 굴러서 여기까지 왔나보다
나도 굴러다니다가
물렁해져서 저렇게 밝아지려나
빛을 저렇게 흘릴 때까지

잘 익어서 떠 있고 싶은

딱딱하고 단단한 날들에 부쳐

　　　　　　　　　　　　―「물렁한 자세 -보름에 부쳐」 전문

　참외는 달이 되고 달은 돌멩이가 되어 단단한 주체의 내면을 돌본다. 이를 인용한 시에서는 "물렁한 자세"로 표현하고 있지만, 그것이 참외나 달, 혹은 돌멩이의 양태를 나타낸다기보다는 바깥의 상황에 흔들리지 않는 유연한 대응의 층위임을 우리는 상상해볼 수 있겠다. 부드러움 속의 단단함이라는 존재의 내적 실재를 체현하고 이를 바탕으로 "빛을 저렇게 흘릴 때까지/ 잘 익어서 떠 있고 싶은/ 딱딱하고 단단한" 주체로 거울 앞에 서고자 하는 상징적 진술이 인용한 시에 담겨 있는 것은 아닐까. 그런 점에서 이 시는 타자에 의해 일방적으로 놓인 자리가 아닌 서로가 서로를 정립할 수 있는 굳건한 주체로 '나'를 정체화한다. 그리하여 시의 너머, 시의 바깥에 존재하는 세계에 자신을 등재하고자 하는 의미론적 그물망이 '달'의 이미지를 공유하는 참외 시편과 맞물려 촘촘하게 짜인다. 다만, 이러한 시적 의미가 선후 관계에 대한 이해 없이 반복과 규칙의 패턴을 통해 연쇄된 것으로 간주할 경우, "가짜 허기를 달래"(「자영업자 개오동」)는 기만으로 변질될 위험이 없지는 않다. 그렇게 되면 우리는 "직면하느라 화상을 입고/ 외면하느라 뿌리가 썩"어 "구멍이 숭숭 뚫린 채"(「미지근한 고통」) 위태로움을 존재의 자기원인으로 삼아 의식하지 못해 벗어날 길 없는 고통에 잠식될지도 모를 일이다.

이는 "여자를 굳이 비유하자면 꽃에 비유하는 게 맞지요"라는 통념에의 순응으로 전이되어 문제적 상황을 일으킬 위험이 다분하다. 그러나 금희 시인은 이를 시적 의제로 변환시켜 발화함으로써 감각적 전회를 형상화한다.

여자를 굳이 비유하자면 꽃에 비유하는 게 맞지요
일테면 이전에 본 장미를 다시 봐도 반갑고 아름답지요
이전에 비할 바 없이 또 새롭고 향기롭지요

꽃이 벌이나 나비를 기억할 리 만무이니 남자들을 굳이 벌이나 나비로 비유하는 데에야말로 화가 날 일이지요 나비나 벌이야 매번 꽃을 찾는 것이 일이니 늘 생각할 테지만 꽃은 꽃의 일만으로도 바쁜 법이니까요

사실 알고 보면 꽃 아닌 사람이 있으려구요
꽃을 꺾다니요 그건 옳지 않아요 가지를 내는 일이 얼마나 치열하게 허공에 밧줄을 매어두는 일인지 안다면 말이에요

생각해보면 벌이고 나비 아닌 것들이 또 있으려구요
화분을 모아 꿀을 만들고 발효의 시간을 지나고 나면 죽음에 이르는 것이 우리네 삶이거니 한다면 말입니다

그러니까 꽃이어야 맞지요

아름다운 것들이

해당화

작약

라일락의 이름인 것이 얼마나 고마운 일이냐는 말입
니다

부르는 동안 향기가 불러오는

평화로운 환대 같은 것을 우리는 천국이라고 부르기도
하니까요

물봉숭아

수국

다시 동백

그렇게 첫눈 오는 날을 기다리는 일처럼 말이죠

　　　　　　　　　　　　　　　—「황송하게 꽃꽃하게」 전문

　첫 행을 통념이라고 이야기했지만, 젠더에 따른 비유의
차이, 그로부터 비롯하는 갈등의 양상은 이 시에서 찾아보
긴 어렵다. 그것은 "굳이"라는 부사어를 반복함으로써 그저
불가피한 비유일 따름이지 실존적 층위에서 사유될 만한
것이 아님을 분명히 하기 때문이다. 이는 "사실 알고 보면
꽃 아닌 사람이 있으려구요"와 "생각해보면 벌이고 나비 아
닌 것들이 또 있으려구요"를 통해 알 수 있듯이 인간을 구획
하지 않으려는 시인의 성찰에 기인한다. 모든 존재가 꽃이

고 벌이고 나비인 셈. 무엇으로 유비될 수 있는 존재를 향한 시인의 감각적 응시가 이를 가능케 하는 것이다. "이전에 본 장미를 다시 봐도 반갑고 아름답"게 느끼며 "또 새롭고 향기롭"다고까지 발화하는 것은 개별 존재가 지닌 내재적 가치를 향한 시인의 애정 어린 마음에서 비롯하는 것이 아닐까. 그런 이유로 "가지를 내는 일이 얼마나 치열하게 허공에 밧줄을 매어두는 일인지" 알 수 있는 것일 테다. "화분을 모아 꿀을 만들고 발효의 시간을 지나고 나면 죽음에 이르는 것이 우리네 삶"임을 인식하는 것도 마찬가지이다. 시인의 응시에 비친 외적 대상들은 거울이 되어 시적 주체를 고스란히 되비추며 자신을 돌아보게 한다.

부조리한 관계처럼 보이는 꽃과 벌, 나비는 실상 내밀한 안간힘으로 치열하게 각자의 역할을 충실히 수행하며 어떠한 정서적 부침에도 휘둘리지 않은 채 의미론적 관계망을 형성한다. 그럼으로써 개체는 각각의 이름을 보편성 속의 고유함으로 정립하며 아름다운 세계를 구성하는 데 기여하게 된다. 시인은 "해당화/ 작약/ 라일락", "물봉숭아/ 수국/ 다시 동백"을 부르며 "향기가 불러오는/ 평화로운 환대 같은 것을" 감각하는데 이는 인간에 대한 절대적 환대로 전유되어 주체와 타자의 경계를 허물며 "첫눈 오는 날을 기다리는" 마음으로 투명하게 열린 공동체의 가능성을 타진하는 것으로 이어지는 것이다.

차곡차곡 얹히는 마음

금희 시인이 형상화하고 있는 감각적 세계는 보편적 아름다움을 내재한 존재의 불안을 경유한다. 이는 시인의 정동과 결부되어 실존적 층위로 사유되는 한편에서 위태로운 존재를 향한 위안의 가능성을 모색하며 단단한 주체의 형성과 그로 인해 비롯된 절대적 환대의 의미를 찾고자 하는 노력으로 재현된다. 이를 선한 마음의 풍경이라고 이름 지을 순 없을까. 얇고 단단한 비늘이 튀는 모습을 보며 "저 힘으로 여기까지 거슬러 왔구나"(「보리굴비」)라고 감각하는 마음은 금희 시인의 시작 행위를 통해 독자에게로 투영되며 빛을 발한다.

여전히 우리의 삶은 "수거되지 않는 저녁"(「강요된 저녁」), "자기 몸이 감옥이고 무덤인 채로/꼼짝없이 서 있"(「감나무 1호」)어야 한다고 해도 좌절하거나 절망할 이유는 없다. 그저 "시간에 잡히지 않은 채로 살아 보"(「다비(茶毘)」)려 "잘 지내/ 웃고"(「동치미가 왔다」) "고마워"(「능소」)라는 말을 건네면서 스스로를 다독일 필요가 있는 것이다. 우리 모두 그 힘으로 간난한 삶의 과정을 거슬러 여기까지 온 것일 테니 말이다.

작약도 작약이지만
달밤도 여러 겹이라
저리 곱다

피어나느라

며칠 앓은 달밤은
한 움큼씩 달이파리 뚝뚝 베어낸다

달밤도 달밤이지만
꽃잎도 꽃잎이지만

여러 겹 물결이 이는 강가에서
나무는 새로 외발 잎새 돋는다

밤 물결 소리 점점 사납다
밤은 겹겹이 깊어간다

밤은 상영 중

―「푸른 밤 -혹은 밤비」 전문

    시인은 작약을 경유해 곱기만 한 달밤을 느낀다. 그러고
는 "피어나느라" 앓아야만 했던 시간을 기억한다. 전경화된
"푸른 밤"의 이미지가 위상을 지니기 위해 거쳐야 했던 시간
이 녹록지 않았을 거라는 것쯤은 구체적인 상황이 제시되
지 않아도 앞서의 시편들을 통해 충분히 짐작할 만하다. 그
시간을 지나 "여러 겹 물결이 이는 강가에서" "새로 외발 잎
새 돋는" 나무처럼 새로운 태연함으로 우리는 삶을 이어가
고 있다. 이러한 우리네 삶에 비친 여러 겹의 마음이 평온
할 수만은 없을 것이다. 그러나 삶이 만든 흔적을 톺으며

관조적 성찰을 수행함으로써 "다정한 문법을 가"(「한여름 밤의 초대」)진 밤이 "겹겹이 깊어"가는 것을 존재의 질감으로 어루만질 수 있게 될 것이 분명하다.

정리하여 말하자면, 금희 시인의 시집 『고양이시금치라고 불러』는 자연적 소재가 품고 있는 아름다움의 정동을 이미지의 파토스로 전유하여 존재의 내면을 살핀다. 그럼으로써 마주하게 된 존재의 내적 실재는 생래적인 형질 때문인지 아니면 거울처럼 되비추는 시인의 응시 때문인지 알 수 없지만 위태롭고 처연하면서도 우리의 마음을 오래 머물게 하는 매혹을 품고 있다. 시가 '세계와 자아의 동일시에 기반한다'는 통념을 앞에서 이야기했으나 이 오래된 문장은 시가 재현하는 하나의 세계와 그것을 마주하는 존재의 내면에 밀접하게 다가가 우리 자신을 되짚으며 공감하게 하는 중요한 기제가 된다. 제각각 다른 빗방울을 보며 "나도 빗방울이었다"(「폭우」)고 말할 수 있는 것이야말로 그러한 시적 수행이 도달하고자 하는 미학적 경지가 아닐까. 금희 시인이 '황송하게 꽂꽂하게' 그리고 단단하게 구축해낸 시적 사유가 새로운 문학적 감각의 윤리로 존재의 곁을 채워 나갈 것임은 분명하다. 그러니 그 곁에서 "밥을 폭폭 끓여/ 같이"(「봄비」) 나눌 수 있는 마음의 질감을 마련하는 것은 이제 우리의 몫으로 남는다.

현대시세계 시인선 **145**

고양이시금치라고 불러

지은이_ 금희
펴낸이_ 조현석
기   획_ 고영, 박후기
펴낸곳_ 북인
디자인_ 푸른영토

1판 1쇄_ 2022년 12월 10일
출판등록번호_ 313 - 2004 - 000111
주소_ 121 - 842 서울 마포구 서교동 460 - 34, 501호.
전화_ 02 - 323 - 7767
팩스_ 02 - 323 - 7845

ISBN 979-11-6512-145-7   03810
ⓒ금희, 2022

이 책은 인천광역시와 인천문화재단의 후원을 받아
'2022 예술표현활동지원사업'으로 선정되어 발간되었습니다.